KB083144

뭄

시와소금 시인선 172

뭄

ⓒ최수진, 2024. printed in Seoul, Korea

초판 1쇄 인쇄 2024년 09월 13일
초판 1쇄 발행 2024년 09월 20일
지은이 최수진
펴낸이 임세한
펴낸곳 시와소금
디자인 유재미 정지은

출판등록 2014년 1월 28일 제424호
발행처 강원 춘천시 충혼길20번길 4, 1층 (우-24436)
편집·인쇄 주식회사 정문프린팅
전화 (033)251-1195 / 휴대폰 010-5211-1195
전자주소 sisogum@hanmail.net
ISBN 979-11-6325-083-8 03810

값 12,000원

강원특별자치도   강원문화재단 Gangwon Art & Culture Foundation
· 이 시집은 강원특별자치도 강원문화재단 후원으로 발간하였습니다.

시와소금 시인선 · 172

뭄

최수진 시집

시와소금

'태어나지 않으며, 죽지 않는 모든 것을 찬양할 것.' 이치에
맞지 않는 난제를 마치 해결해야 할 숙제처럼 늘 곱씹어 본다.
탄생, 즉 삶은 살아 숨쉬기에 의미가 있고 내 안에 온기를 불어
넣은 건 팔 할이 자연으로부터 주어졌기에 더욱더 영원을 갈구
하는지도 모른다. 불멸의 걸작, 괴테의 〈파우스트〉에 집착해 본
적 있다. 자유로이 돌아가 마음대로 재생할 수 없는 젊음이 시
간의 몫이라면, 나의 몫은 무어라 말할 수 있을까. 정제되지 않
은 생각의 꼬리들이 머리 밖으로 삐져나와 강풍에 찢겨나간 깃
발처럼 흐느적댄다.

현상에 비해 언어는 항상 부족하다. 나라마다 생긴 모양이 다
르고 언어가 다름을 이해하려는 인식이 통용되는 사회다. 그러
나 수많은 언어로 닿을 수 없는 그 어딘가가 사무치게 그립다.
무턱대고 사람의 마음에 가닿으려던 시도를 해본다. 엉큼한 수
작은 아닐까. 때로는 깨지고 부스러져 조금의 티끌도 남지 않게
세상에서 증발하고 싶은 욕구 또한 강하다. 모두가 다중적이라
면 나 역시 그렇다고 할 수 있다. 잃어버린 어제의 대사를 곱씹
으면서도 오늘이라는 무대를 어떤 모습으로 꾸며야 할지 괜스
레 조심스럽다.

장면이 전환되는 암전에서 무척 긴장된다. 긴 터널을 빠져나오면 대본의 지문처럼 선명한 미래에 차근차근 도달하게 될 수 있을지 어느 누가 확신할 수 있을까. 정답이 없는 걸 알면서도 나는 해설서가 절실하다. 풀이 과정을 생략하거나 남의 것을 베껴서 눈속임하려는 게 아니다. 오히려 나를 기다리고 있는 앞선 존재를 믿고 있다. 그(녀)는 순수할 테니까.

몸을 비틀면 틈이 보인다. 각박함을 느끼는 민감한 사람들은 그 틈새로 서로 호흡하려고 애를 쓴다. 내 숨을 나눠 갖길 원하는 그 누군가가 있다면 기꺼이 내 몸을 더 비틀 것이다. 입술과 입술을 맞대고 언어의 결을 나누려 한다. 혀의 감촉과 입술의 몸짓을 사랑한다. 내게서 분절된 말이 공중에 떠다니다가 그(녀)의 뇌리에 꽂히고, 다시 새로 조합되어 내게로 오는 순간을 그려본다.

2024년 가을,
최수진

| 차례 CONTANTS

| 시인의 말 |

제1부 마른빨래

제2부 공중정원

제3부 환기+구

제4부 화양연화

작품해설 | 전해수

제 **1** 부

마른빨래

반짝이는 오너먼트

일 년 열두 달 네가 내린다면 좋을 거야
—트라이아스기의 자작나무 숲에서

개벽

하늘이 바닥에 내려온 날
사람들은 알아차렸지
저 하늘에도 모양이 있었다는 걸

위로 갈수록 좁아지는 고깔모자
그게 바람에 뒤집혀 떨어진 거지
지나가던 새들이 하도 짹짹거리길래 뭔 일인가 했더니
글쎄, 그 안에서 수만 개의 알들이 구름떼처럼 피어난 거야

무지개로 아래를 두른 개와 고양이들이 춤을 추는 날
나는 무릎을 꿇고 그 발을 핥아줄 거야
먼지와 모래알을 입안에 그득 품고 꿈처럼 잘강잘강 씹을 거라고

땅이 위로 솟은 날은 정말 따뜻했지
푸릇푸릇한 보리 새싹들이 거꾸로 기지개를 켜던 날이기도 했잖니
분수처럼 펼쳐지는 빗소리를 들으며
나는 뒤로 걷는 봄에 대해 생각해

그 아인, 경보輕步를 정말 쉽게 하거든

전화기 걷어차기

통화 공포증을 없애는 방법 :

첫째, 수화기 들어올리기
둘째, 다이얼 돌려 덩어리 생성하기
셋째, 발사하기
넷째, 5초 침묵
그리고
다이얼이 늦었사오니 다시 걸어 주시길 바랍니다…,

다섯째, 수화기 내려놓기

* 본문에 나오는 ☎는 구식으로서 일명 회전식 다이얼 전화기이다.

해고

지구상에서 날씨만큼이나 변화무쌍한 건
사람의 기분이라고

행복을 뭉텅 자르면 어떨까?
레몬 저미듯 ㅎ+ㅐ+ㅇ+ㅂ+ㅗ+ㄱ이 따라올까?

불행을 댕강 자르면 -2^n이 될까?

공포를 토막 내면 과연, 죽을까?
드라큘라, 프랑켄슈타인, 메피스토펠레스 그리고 에나벨

다, 어떻게 됐지?

태양초 구두

너, 그렇게 평화로운 닭이 될 순 없었니
아가리로 쪼는 모습이 어지간히 헤프구나
까만 눈깔로 어딜 자꾸 훑어보니
잿빛 몸뚱어리는 흡사 물길 위에 놓인 부표 같기만 한데

너, 발바닥만은 고추장물이 들었구나
찐득하고 맵싸한 땡초 맛에 정신이 아찔해져
곱게 물든 단풍 빛깔이라면 내 기꺼이 너를 찬양하겠지만
좁쌀이나 주워 먹으며 꾸꾸거리는 너는
새빨간 유언비어를 발에 걸고 이 무대를 종횡무진 휩쓰는구나

너, 나의 거북한 맨발을 보았니
내가 가진 건 안녕한 지상에서 퇴화한 흔적뿐이야
그렇다고 네 찬란한 구두를 탐하지는 않겠어
가슴 깊이 젖어 든 애증을 감싸 안을 수 있는
어느 부드러운 거적으로 만든 신발을 신을 거야

얼굴

흐린 물길 속 뒤집힌 얼굴
태엽을 풀고 보아도 거꾸로 돌아앉은 얼굴
암막 속에 숨은 말들이 재채기하는 얼굴
붉은 꽃잎이 점점이 뿌려지고
네 번째 물결쯤에서 흔들린다
뜯긴 바람결에 미친 속도로
흩날리는 눈썹과 푸르죽죽한 윗입술
냄새를 잃은 얼굴

마른빨래

오후의 핏줄에 걸려
들숨과 날숨으로 응고된
빨래는 울적하다

햇볕에 버석대는 빨래들

흰 수건과 모시 러닝셔츠, 스포츠 양말 따위의 눈물이
울퉁불퉁한 혈관을 타고 천 개의 심장을 향해 뻗어 오른다
그들은 다시 내게 서글프다고 말하지만
멋모른 나는 상처를 줄 뿐이다

깃을 비틀고
소매를 짜고
앞섶을 치며
그 적적한 마음을 좀체 다독이질 않는다

다스리지 못할 것이다

서로 부대끼며 마른기침만 콜록콜록
버짐같이 피어날 것이다

리듬 콜라주

종이 울리자 북을 두드린다 리듬의 신호탄이다
조명이 켜지고 오색띠를 두른 반라의 무희들이
무대 이쪽에서 저쪽으로 일사분란하게 움직인다
어깨높이 팔을 들어 합을 맞추었다가 떨어지자
둥그런 보름달이 차고 이내 반쪽이 이지러진다
음률을 타고 검은 모습의 자객이 슬쩍 침투한다
스산한 기운이 엄습하나 모두가 리듬으로 혼미하다
봉황이 알을 낳듯 여인들과 뒤엉키어 춤을 춘다
옷자락이 붉게 물든 순간 머리가 떨어지고 발이 솟는다
임무를 마친 자객이 홀연히 퇴장한다 조명이 꺼진다
공허한 틈을 타 허공에 둥둥 북소리만 요란하다

질그릇

태초부터 그대는 부엌에 있었다
어미의 젖줄을 따라 충만한 역사를 간직한 채
총칼의 위협에도 오롯이 그 자리를 지켜왔다
영롱한 빛을 집어삼킨 우주의 심연
고요한 침묵을 위시하는 강인한 심지
차디찬 공간 안에 불빛 하나 의지한 채
그대는 어느 뭇사람의 안목에 담기고자 하는가
오늘도 나는 견고한 그대와 낭만을 빚는다

Dr. 피시

의사 생선님, 내 말 좀 들어보세요
머리가 답답하고 손이 저릿한 게 꼭 체한 것 같다고요
한나절을 헤매고 다니며 여러 약을 써봐도 헛수고에요
벌건 깃발들이 흰자위에서 솟구치고
검푸른 연기가 혓바닥으로 굴러떨어져요
한숨도 쉬지 못했어요

존경하는 의사 생선님, 어서 은바늘을 꽂아주세요
당신의 섬세한 손길이 머문 바로 그 자리에다가요
차가운 눈물이 피부를 긁고 지나가면
나는 투망을 던질 거예요
노래미와 쏘가리가 화려한 스텝을 밟고 있거든요

선생님, 아니 생선님!
물속에 아가미를 빠끔거리고 지느러미를 담가보아도
각질이 퇴적한 가슴은 어쩔 수 없나 봅니다
생선님의 입술로 치료하지 말아요

호흡으로 낫는 병이 아니니까요

물속으로 멍이 번져가네요

일시 정지

벽시계가 멈춘다
울린 자와 울음을 그친 자는
서로 머쓱해서
산수유나무 밑에 새벽을 걸어둔다

노오란 몽우리가 왈칵 터지기 전
서류 한 장이면 끝나는 일

세 끼 꼬박 챙겨 먹어
속옷은 뒤집어 입지 말고
양말은 애벌빨래를 해야 깨끗하니까

또각거리며 여자가 멀어진 후
사내는 한참을 멍하니 하늘만 바라본다
엷은 담배 연기가 공중으로 흩어진다

순간 휘청거린다

냉장고의 발작

남겨진 정물情物의 혁명인가

탕에 푹 전 동태가 주먹을 들이밀며
족발과 뭉친다
왜 우리는 한 번 보고 안 불러?

붉은 쫄면이 머리카락을 질끈 동여매며
토마토스파게티와 뭉친다
우린 서비스라 아니꼬워?

구석에 얼굴을 묻고 있던
사과와 배가 신음한다
흠흠, 밖에 비는 오냐? 요즘 통 날씨를 모르겠다

주인 노릇하던 자, 사색으로 침잠할 때
어둠 속에서 딱! 딱! 스파링하니,

느닷없이 현관 옆 거울이 깨진다

트라이앵글

연사와 사회자도 없이
냉기만 가득 들어찬 동굴

천정에서 낙숫물이 똑똑
못을 이루기에는 부족한 양이 떨어진다
괜스레 석순만 낳는다

비웃는 관중들

입구에선 물구나무선 고드름이 지천이다

꾼

구름은
사기꾼

어느 날은 사업가
또 어느 날은 공무원
또 다른 날은 군인

반지르르한 자태로
홀랑 나를 벗겨 먹고는
번지수 물어물어 찾아가면
폐업 처리를 했다지

다시는 속지 않으리
다짐해 보지만
멀리서 지그시 금빛 햇살 내려주는
너는 암만 봐도
사기꾼

스위치

늘 그렇듯
감정이 문제

배탈에서
세계의 끝을
보네

말하자면,
더는
알을 못 낳는 거위

너무나
사소해서
turn off

뿔

강토가 어쩐 일로 뱃속에 뿔을 품고 있군요. 단단하고 뾰족한 뿔은 잡힐 듯 말 듯 세차게 요동치며 별별 소란을 피우곤 합니다. 그래도 어쩔 수는 없습니다. 복근이 긴장한 뿔은 된소리니까요. 뿔은 좌우를 가로질러 흐르기도 하고 위아래로 두서없이 갈라지기도 합니다. 풀숲에 옹송그리며 모여있던 말을 주섬주섬 꺼내다 보면 문장과 문장 그사이에도 파생된 뿔들이 가득 들어차 있습니다. 곧, 이 가슴 안으로 후드득 빗발치며 쏟아지겠죠. 나는 전염되었어요. 바닥에 차오르는 모양새에 불쑥 내 마음이 울렁이고 머리가 지끈거립니다. 얼른 뿔 하나 집어 엉겨붙은 그들의 날숨소리가 가지런해질 때까지 불고 또 불어봅니다. 성난 그들이 따스한 초록빛 기운을 없애버리려 들겠지만 언젠가는 들소만큼 큰 그 몸뚱어리에도 투명한 나이테가 새겨질 테니까요.

낙서

흐르가는 강물 위에 투명한 공기 위에
이렇다 할 펜도 없이 낙서한다

생각이 뜨거워질 때면
생의 시작과 마감을 알지마는
나는 도무지 이해하지 못한다
검은 녹이 찌부러진 못 사이에 켜켜이 스며들 동안
나는 일찍이도 웃자랐다

마음이 하려는 일은 나를 따스한 인정으로 이끌지만
신의 정갈한 뜻을 조금도 탐할 수 없어 다시 서글퍼진다

관계에 지쳐 터진 상처가 아물다 낫기를 반복할 때
낙서는 아무개의 소식이 되었다가 나의 자서전으로 끝난다

맨드라미와 매화가 겹치는 그날이 오면
나의 이 치졸한 생각도 끝나겠지

심연 속 파고를 일으키며 나는 기절할 때까지 낙서를
반복하리라

낙서, 내게 주어진 유일한 숨이며
열렬한 나의 현재다

제 2 부

공중정원

절름발이 개

석간 배달이 오면
개가 짖었다

오늘은 포로가 석방된 날
아버지의 갈빗대를 타고
흑요석이 흘렀다

인도주의니 협정이니 하며
머리를 교환하는 은행이 싫어
개는 뒷발로 동전을 굴렸다

짤랑 소리는 들리지 않았다

반지

빛과 어둠 사이에
다릿돌을 놓으려 해

내게로 오는 길이
개울이나 도랑이 아니더라도
조각난 네 마음 디딜 수 있게
촘촘히 쌓을게
쓸려가지 않도록
내 발자국 꼭 매달아 놓을게

대신 너는
내게 함박눈으로 내려줘
따스한 온기로 살포시 내려앉아
내 눈가에 그렁그렁
눈물을 걸어줘

그 사잇길에 말야,

블랙홀이 있다면 나는
빛을 위시하는 어둠이 아닌
돌 틈에서 피어난 꽃의 숨이 될래

나를 허락해 줘

참을 수 없는, 언어의 가벼움

뒷골목의
시궁창에서
가여운 짐승이
도시의 발가락을
핥아줄 때

글 속에서 숨 쉬고 싶어 아름다운 주인은
침묵합니다

굴절됩니다

내가
당신이
될
수
없는
이유

입니다

두.렵.습.니.다.

새벽이 번지 점프를 하니

날이 밝았다. 바닥에 놓여있는 한 다발의 에리카꽃.

-추락을 마음먹기까지는 그리 오래 걸리지 않았더군요.
바로 이 지점이죠. 의자에서 축축한 이끼 냄새가 나네요.
봐요, 잘게 부스러지죠?
시커멓게 탄 가슴은 이렇게 가루가 돼요.
-걔는 항상 그런 말을 했어요. 죽고 싶다고요.
-자, 그 상황을 얘기해봐요. 그가 뭐라던가요?
-저는 알잖아요, 이게 얼마나 무모한 짓인지.
난간을 붙잡을 때마다 얼마나 조마조마했다고요.
매일 살기 싫다고 했어요. 또 이런 얘기도 했어요.
그 순간을 경험해보고 싶다고…, 이런 얘기 거북할지 모르지만
매번 머리가 깨어지는 기분을 느끼고 싶었대요.
(어이없다는 듯 웃으며) 어차피 매일 배식받듯 주어지는 인생인데
왜 그런 쓸데없는 짓을 했는지 저는 몰라요.
-흠, 그래서 이 줄을 매달지 않고 바로?
-네, 그랬죠. 심장의 네 귀퉁이에 걸어야 한다고 신신당부했는데.

-알겠습니다. 얘기는 여기까지 듣죠. 일단 동행해주시겠어요?
좀 더 세밀한 진술이 필요해요.

하얗게 질린 샛별. 아는지 모르는지 해는 머리를 쓸어 넘긴다.
훌렁 벗겨진 이마가 눈부시다.

-형사님! 형사님!
-조용히 오게. 이른 아침에 왜 이리 호들갑인가?
-그놈이 이 유서를 남기고 달아났습니다.
-아니, 이런!

나는 [   ]이다

불 꺼진 실험실의 지구본

덫에 걸려 왕왕대는 쥐꼬리

자비 없는 버터크림빵

헛물켜는 잠꼬대

하이힐 신은 손가락

옷을 수혈하는 캐리어

눈물 젖은 치즈버거

철든 비눗갑

카레에 빠진 눈곱

남편의 멍든 두 번째 척추뼈

목 꺾인 헬리콥터

다소곳한 전기톱

비정규직 간행물

없는 게 있고, 있는 게 없는 사전

해보다 뒤처진 도망자

언어만 빼고 다 아는 언어학자

인생을 측정하는 물리

나사 빠진 피아노
수도꼭지에서 흘러나온 머릿결
투명한 콧수염
그리고 빈 종이

뭄

저문 강에 배를 띄워라
돛도 닻도 없이 흘러라

갠지스여,
무성한 풀의 발톱을 피하라
특히 연꽃의 이빨을 피하라

다시 말하노니
애써 노를 젓지 말라
짙푸른 바람의 냄새
여름과 가을 그 사잇길에서 머문

그대 이름은 뭄
뱃머리에서 갈라진 두 젖가슴
그대, 나의 화신이로다

유유히 헤엄쳐 가리라

내 가진 것이라곤 아가미와 지느러미뿐

오 그대, 이른 새벽 은하수 어귀에 닿으면
가장 반짝이는 별 하나 바라보길 원하노니

내 즐겁게 마중 나가리라

스무고개

열여덟 번째 질문이네요
나를 아직도 모르겠나요
나는 당신의 왼쪽 귓가에 살아요
당신이 쓰고 싶어질 때 나는 노래를 불러요

나는 그대를 잘 모르오
그대가 어찌 내 몸에서 사는지 모르겠지만
별로 알고 싶지 않소
나는 또한 꽤 오랫동안 쓰고 싶지 않았소

열아홉 번째 질문이에요
나는 형태가 없죠
당신이 말랑말랑하다고 하면 그렇고
당신이 딱딱하다고 하면 그 또한 그렇답니다
나는 무엇이든 될 수 있어요

흠, 나는 의지가 확고한 사람이오
미지의 그대에게 바라는 것이 하나 있다면

나는 무의미한 것을 좋아하지 않아요

마지막 스무 번째 질문이에요
빈말이라도 나를 안다고 말해줄래요
답을 알고 있음에도 적지 않는 당신은
내게 모멸감을 느끼고 있는 게 분명해요

뻔한 것을 버리고자 하오
그것은 나를 더욱 타락하도록 만들 뿐이니까
내가 스스로 짊어져야 하는 이 가상 현실은
수많은 오만과 편견으로 중심축이 파괴된 지 오래되었소
그러니 나를 부디 괴롭게 만들지 말아요
싱겁게 노래나 부르고 있을 시간이 없단 말이오

아틀라스, 고단한 신이여!
거짓된 하늘을 떠받드느라 시와 함께한 추억들을 잊었으니

어쩝니까, 나는 아까운 벗을 잃었습니다

석류

개 발에 편자
고양이 목에 방울
이빨 빠진 호랑이의 이름으로 기원하나이다

나무에 떼로 매달린 저들을 보시옵소서
정오의 햇발에 벌그스름하게 타들어 간
그릇된 사상을 가진 자들입니다
딱딱한 심장 안에서 어찌나 교태를 부리는지
지나가는 새들도 아는 체를 하지 않습니다

그들의 위선은 가히 제일입니다
서로 자신들의 자태가 더 곱고 아름답다며
입에는 꿀을 머금고 배에는 칼을 품고 있나이다
그 장검은 멋모르고 나무 아래를 지나가는
어린 화동의 머리도 쉬이 베어낼 수 있사옵니다

한때는 그 붉은 욕망에 저의 신념도 의심했나이다

그 바랑에 진정 무엇이 채워져 있고
그 성가에 진정 무엇이 걸려있는지
야망을 채집하기 위해 무지한 군중이 몰려들기 전
저들은 깨달아야 하나이다
저들에게 서슬 퍼런 철퇴를 내려주시옵소서
자연의 이름으로 이치를 추구해야 하옵니다

그리하여 한층 경건해질 석류를 바라옵나이다

베르베르 개미

학명 베르나르 베르베르(Bernard Werber)

1991년 세계 최초로 프랑스 학계에 보고되었고,
 30여 개의 종種이 세계 각지에 200만 마리 이상 서식한다고
알려졌다
 강원 춘천시 📖방 ☾방 화장실에서도
 이 베르베르 개미가 심심치 않게 발견되고 있다

 환기구 위를 내달리는 베르베르, 그리고 뒤집힌 롤러코스터
 바람이 긁어대는 쇳소리와 배꼽에서 터져 나오던 숨소리
 그런대로 중력을 이긴 그다

 코스모스의 흔들림은 반복되고

 그는 검게 피어나는 음표 사이를 걷는다 아니, 분명 뛰고
있다
 몸이 간혹 페르마타처럼 길어지다가 이내 스타카토처럼 툭-

툭 끊어진다

반환점을 돌던 열차가 힘차게 곤두박질치는데

ㅁ+ㅓ+ㄹ+ㅣ
ㅍ+ㅏ+ㄹ
ㄷ+ㅏ+ㄹ+ㅣ …쪼개진 조각들이
다시 밀려 올라간다

총총한 별 가득한 하늘 위로, 그 위로

뒤집힌 세계

엎어튀기 먹을까, 찌글러도 말 못해!*

동네 게임판에 입장한 아이들을 편 가르는 마법의 주문이다. 규칙상 반드시 모두가 손을 뒤집고 엎어야 한다. 동시에 같은 세계를 얻는 사이라면, 온몸 가득 전율이 흐른다. 만에 하나 귓속말을 넣어두기라도 한다면 따로지만, 또 같이 서로의 향기에 익숙해질 수 있다.

어린 시절, 검정 고무줄은 나의 최신식 장난감이었다. 형식상 엎어튀기로 짝을 정했지만, 순서를 외우지 못하고 몸집이 작은 나는 대신 줄을 잡아주거나 깍두기 역할을 했다. 온종일 나는 언니들의 현란한 몸짓을 넋을 잃고 바라보았다. 장난감 기차가 칙칙 떠나간다, 과자와 사탕을 싣고서…. 한참 줄을 엉겨 감고 뜀을 뛰다 보면 군것질거리를 많이 실은 덕분인지 기차 소리는 더 나아가지 못하고 절절매었다. 간혹 짓궂은 남학생들이 가위로 끊기도 했는데 누구 하나 우는 사람이 없었다. 우리는 이음매가 많은 고무줄 하나로 해가 까무룩 질 때까지 게임을 했다.

세월이 흐른 지금도, 우리는 춘천을 넘고 대한민국을 넘어, 전 세계적으로 찌글러도 열심히 엎어뛰기를 먹고 있다. 풍물 시장 앞에서 뻥뻥 만들어내던 뻥튀기처럼 먹음직스러운 과자가 아닌 데도, 간결함을 좋아하는 사람의 습성 탓일까. 아마 이 세계에는 굵고 긴 고무줄이 걸려있는지 모른다. 술래는 손끝까지 줄을 올려 게임을 방해한다. 높이, 더 높이 다리를 걸고 뜀을 뛸 줄 아는 자가 마침내 자유를 얻는다. 게임의 종착지인 뒤집힌 세계를 향하여.

* 춘천에서 통용되는 편 가르기 방식. 지역마다 달라서 찾아보는 재미가 쏠쏠하다.

공중정원

너를 만나기 30분 전,
오늘의 드레스 코드는
햇살 같은 샛노란 셔츠와 물빛 멜빵바지야
손목에는 빗방울이 달린 커플 시계도 찼어
모시 구름결 같은 머리칼에는
싱그러운 바닷바람 내음의 향수를 뿌렸지
네 마음에 들면 좋겠어

너를 만나기 5분 전,
어깨에 작고 가벼운 낙하산을 펴두어야 해
약속했던 공중정원, 그곳까지 가려면
우리의 온몸이 두둥실 떠올라야 하니까
가만, 이륙하려던 나를 붙잡은 건
앞서가는 유모차에서 깊게 잠이 든 푸들이야
어떻게 해, 정말 귀엽잖아!
사진을 찍어둘게, 네 마음에 들면 좋겠어

너를 만나기 20초 전,
아기 구름이 한창 물놀이에 빠져있는 동안
어미 구름은 노곤한지 연신 하품을 하더라고
요 앞 카페에서 달콤한 라떼 두 잔을 샀어
몽글몽글한 크림이 다 걷히기 전에 얼른 와
연둣빛 섬마을이 보이는 여기 하늘 전망대로

네 마음에 쏙 들 거야

유리 구두

반야의 신기루가 사라지면
탄성의 법칙에 따라
쪼그라든 세계가 다시 움을 틔워

왕자의 품을 떠난 그녀는
굴절된 시간의 틈으로 거세게 담박질하지만
초연한 자아의 절댓값을 찾지 못한 채
유리 구두 한 짝과 작별하지

바닥이 푹 꺼진 호박마차
수염과 꼬리가 생긴 호위병, 그리고
누더기 차림의 잿빛 소녀
너는 이 황홀한 계시를 받아들여야만 해
하지만 흘린 다이아몬드 그 프리즘이 날아와
심장에 끈적끈적 달라붙었네

비비디 바비디 부–

어디선가 들려오는 뿔 고동 소리
세공사의 손놀림이 바빠지는 가운데
엄지와 검지는 그 장갑이 유별나게 크고 작았다지
맞는 이가 없어 슬픈 소년아,
한없이 낮은 저 바닥을 봐봐!

시간을 떠나보낸 기차역에서 쪽잠을 자고
바늘땀을 채우며 생쥐들과 동무하는
거기, 햇살이 있단다
바람 커튼에 몸을 싣고
너울거리는 이 순간에 만족하는
봄과 같이 발그레한 햇살이 있단다

비비디 바비디 부-

조우
— 소낙비, 2024

물가에 앉아
잔상을 헤치며
너와 마주하지

모양이 없고
타고난 색깔 없이
자란 내 모습

들녘에 나부낄
따스한 옷자락이 그리운
조약돌은 서글퍼

닮았잖니
옅게 미소 띤 얼굴

스러지는 걸 두려워 마
이미 타버려 투명한 이 여기 있으니

어디든 불러줘

잔향을 머금듯
우리는, 곧

줄리엣의 속눈썹

우리 가문 대대로 내려오는 특별한 보물이 있어
잘 들어, 놀랄지도 모르니까
자! 여길 봐 아니 그렇게 확 낚아채면 뜯어진다고
조각난 나비 날개처럼 다시 이어 붙일 수 없잖아
그저 신비롭게 바라봐야 해
어때, 신기하지?
할머니의 손녀, 손녀의 그 손녀까지 구전으로 내려온
이 시대에 다시 없을 슬픈 사랑

그런데 그거 아니? 아직도 우리가 누구의 후예인지 몰라
곳곳에 로미오가 너무 많거든
총칼이니 미사일이니 하며 서로를 질투하고 증오해
오직 줄리엣만 원하는,
세상은 고혈압이야

아무에게도 꺼내지 못한 말이야
우리 가문은 그녀의 속눈썹을 간직하기로 결단했지

누구보다 눈동자의 곁에서 이 모든 구린내를 감내했던
충실한 종

지금도 전설처럼 기리고 있어, 세상의 소음을 덮어두는 이불을

혹시나 말야
네 주변에 줄리엣을 부르짖는 로미오가 있다면
한 번이라도 떠올려줘
이 시대에 다시 없을 슬픈 사랑

詩+terview

Q1. 목에 왜 풍선을 달고 다니나요?

A1. 아가미가 닫혀있어 놀라셨죠. 이 고무풍선은 목을 보호하는 목적도 있지만, 최소한의 말만 하겠다는 제 의지에요. 왜, 한쪽 어깨에 고양이를 달고 있는 분도 있잖아요.

Q2. 풍선이 터지지는 않나요?

A2. 충격을 주지 않는 이상은 폭발하지 않아요. 가끔 풍선 입구가 벌어질 때가 있어요. 배가 고파서 그렇거든요. 먹이를 주면 다시 부풀어 오른답니다.

Q3. 신기하네요. 그럼 어떤 음식을 주로 먹나요?

A3. 딱히 육지, 해상, 상공을 가리진 않지만, 가끔 톱니가 헛돌 때가 있어요. 그럴 땐 수온을 잘 맞춰야 해요. 제가 의외로 민감하거든요.

Q4. 예를 들어 설명해보겠어요?

A4. 땅에서는 세발자전거, 바다에선 바나나 보트를 타고, 하늘에선 연을 날리죠. 보통은 그렇습니다.

Q5. 제일 궁금했습니다. 주로 어떤 꿈을 꾸나요?

A5. 다이아몬드를 구워 먹는 꿈을 꿔요. 이유는 모르겠습니다.

제가 보석을 좋아해서 그런가 봐요, 저도 여자니까요.

Q6. 시 쓰는 이유가 뭘까요? 정말 솔직한 답변을 원합니다.

A6. 콘센트에 코드를 잘 맞추기 위함이죠. 접촉 불량은 위험해요. 굳이 따지자면, 엄선된 재료만을 사용해서 차린 거랍니다. 그냥 즐겨주세요!

Q7. 마지막 질문입니다. 삶의 모토(Moto)는 뭔가요?

A7. 오징어처럼 유연해지는 거예요. 비매품으로 낙지와 문어가 있는데, 저는 오징어를 더 선호해요. 그 매끈한 각선미가 좋아요.

어릿광대의 아리아
― 춘천마임축제를 보고

어둠이 제법 내려앉으면 나는 눈물 없이 울기 시작해요
그리곤 힘껏 물의 정령을 깨우지요
어서 오세요, 이 아름다운 나라에 잘 오셨어요

나는 섬세한 손길로 세상 어디에도 없는 집을 지어요
벽돌로 사방을 치고 지붕도 얼기설기 엮었어요
이 작은 보석상자에 파랑새 한 마리 살죠
코발트색 피부를 가진 말괄량이 아가씨
나는 그녀를 어루만지고 얼러 구경꾼들의 혼을 쏙 빼놓지요

손가락 사이사이 웃음과 해학이 몽글몽글 피어나면
모래가 알알이 반짝이듯 눈동자들이 데굴데굴 굴러가요
그러다 그녀의 깃털을 당기면 앞선 조무래기들이 까르륵거려요
나의 손짓에 시간도 덩달아 가던 걸음을 멈춘 듯해요

도시는 어느덧 유희遊戲의 가로등이 되어 낭만을 밝혀요
여기서 살아 숨 쉬는 나는 물의 나라 춘천의 밤도깨비지요

앵무새는 버릇처럼

앵무새는 버릇처럼 고개를 젓고 캭캭거리며 침을 뱉는다 꽁지를 두어 번 까딱하더니 똥을 싼다 비행한다, 주인 양반의 손가락을 향하여 곡예를 두어 번 하다가 내려앉는다 앵무새는 또, 버릇처럼 내게 말한다 무르지 않은 부리를 놀려대며 꺼져버리라고 공중에 회오리가 일고 먼지들이 너풀댄다 제아무리 고고해도 닳아 없어지는 게 연필, 무뎌지는 게 검이건만 이놈의 본새는 오늘도 천장높이 돌탑을 쌓는다 네 검은 숲속에 붉은 혀가 뜬다

제 **3** 부

환기+구

몽환

소쿠리 가득 꿈을 따네
야들야들 잘 익은 자줏빛 무화과
아직 자장가를 부르면 안 되네
그럼, 안 되고말고
꿈이 떨어지기 전에 어서 따야 하네
살살 쥐고 한입에 으깨야 하네
이토록 달콤한
아이들을 꿈나무라 했는가

색칠 공부

동그라미를 그려서 **빨간색**을 칠해요
세모를 그려서 녹색을 칠하고요
네모를 그려서 파란색을 칠해봐요
참 잘했어요, 다 같이 박수 세 번 짝짝짝!

오늘도 나는 고사리손들을 점검해요
얼굴도 말간 고것들은 머릿속도 안개처럼 뽀얗겠죠
그러니 그 감각을 알록달록 채우기 위해선
더더욱 공을 들여야 해요
저길 봐요, 점선을 조금만 빗나가도 요란법석을 떨잖아요
성난 어른들은 골목길이라고 어린이를 봐주는 법이 없죠

잘 알고 있어요, 나는 이미 상실의 시대라는 걸
내 안에 웅크리고 있는 가치의 모양을 이젠 잃어버렸죠
따분할 때면 본능이 마치 색깔 분수처럼 솟구친답니다
전투적일 땐 **빨간색**을 뿜어내고요
지금처럼 긴장이 풀리면 파란색을 뿜고요

자신감이 떨어지면 검은색을 뿜어내지요

꼬마들이 어른이 되어 내게 이렇게 되물으면 어쩌죠
별 모양에 꼭 노랗게 색칠해야만 했을까요?
모든 가치가 색깔을 가져야 하는 논리는 없어요
당신은 우리의 가치를 검열했군요

얼굴을 붉힌 나는 이렇게라도 소심한 변명을 해야겠어요
미안한데 얘들아, 교육 순서가 그런데 어쩌니

오월의 크리스마스

너를 내보내 주려고 어쩌나 구물대었던지 나는 화장실만큼이나 하늘 안을 들락거렸다 불 꺼진 백자 속에서 한참 동안 무슨 일이 벌어진 걸까, 많은 식은땀과 더 많은 몸부림 이후, 온갖 종류의 세월에 짓무른 사람들이 어깨와 무릎을 접어 말고는 한데 뭉쳐있었다 질서는 관절염처럼 저릿한 거라며 나는 혼잣말했다 내가 허리 위치를 조금씩 바꿀 때마다 검불 같은 사람들이 서로 부딪혀 버스럭거렸다

삼, 사분 간격으로 열차는 자주 왔고 나는 환승역에서 내린 푸른 눈동자의 외국인을 보았다 주위를 두리번거리는 걸 보니 그도 화장실에 들를 모양이었다 빈칸에 들어선 그는 흔들리는 백자 속에다가 잔뜩 웅크린 사람들을 나처럼 여러 번 누었다

오늘 같은 날은 쇼핑입네, 외식입네 하면서 거리로 쏟아져 나오는 게 다반사다 원자핵과 전자들로 이뤄진 사람들은 함박눈처럼 서로 덩어리지길 좋아했다 그들은 따가운 오월의 열기에도 아랑곳하지 않고 침을 튀겨가며 이 순간에 열광했지만, 곧 한,

두 송이씩 잘게 부서져 길바닥에 머리를 툭, 떨구었다 어디선가 캐럴이 울려 퍼지다가 사그라졌다

 하늘 밖을 내다본 나는 고개를 끄덕이며 변기 손잡이를 잡고 물을 내렸다 깍지 낀 손을 서로 맞댄 사람들이 코스모스처럼 팔랑거리다 물살에 휩쓸려 내려갔다 고름이 터지던 순간이었다 본격적으로 눈발이 흩날리기 시작했다 열차가 연착되었다고 여기저기에 안내방송이 흘러나왔다 미끄럼에 주의하세요, 그럼에도 나는 눈덩이를 더 많이 만들기 위해 고군분투했다

 역사驛舍 내에서는 금연입니다, 라는 푯말이 환기구 밑에서 신들린 듯 춤을 추었다

파랑 주의보*

사전에 따르면
파랑이란, 잔물결과 큰 물결
파랑 주의보란,
폭풍이 없이 해상의 파도 높이가 3m 이상으로 예상될 때
기상청이 미리 알리어 경고하는 일 :

오, 마조히스트의 반항이란!

* 2004년 7월 1일부터 풍랑 주의보로 변경되었다.

환기+구

　내 입안에는 솔개의 날개만큼 커다란 프로펠러가 있어 이건 말하자면, 저 밑바닥 아래에서 가래처럼 끓어오르는 욕망덩어리들을 바깥 공기와 만나게 하는 일종의 순환 장치야

　입을 벌리고 거울을 통해 본 녀석의 모습은 그 모양이 참 기괴했다고 회전축은 360°를 훌쩍 뛰어넘고, 깃의 표면이 일반적으로 생산되는 직물도 아니었거든 그런 게 곤죽처럼 질퍽한 혓바닥 아래에서 쉴 새도 없이 일을 하고 있더라니까

　나는 원래부터 이걸 갖고 있었다고 해 누가 내 입에 이런 걸 달아놓았는지 모르겠지만 말이지 한 가지 알 수 있었던 사실은, 우리 부모님은 아니었대 그렇다며 누구였을까? 내가 태어날 당시 우리 언니는 고작 세 살배기였거든 그렇다고 네 살 터울인 내 동생이 달았을 리는 없잖아? 시간을 거슬러 올라와서 내 꿈에 나타나 슬쩍 달아놓고는 혜성 꼬리를 타고 사라진 건 아니었을까?

　뭐 이건 다 운명이라고 해야겠지 가끔 온 신경을 집중하면 바람 빠지는 소리가 들리긴 해 하지만 그것도 귀에 익으니까 왠지 공기가 켜는 악기 소리 같았다고 마치 색소폰처럼 말야

참, 이렇게 혀와 입술이 정신없으니 내 정신도 따라 없는가 봐

지금은 목구멍까지 들이찬 언어들이 마구 쏟아져 나오는 만조

滿潮 시기야 하루에도 여러 번 자음과 모음들이 저 몬스터의 날

갯짓에 부딪혀 도막도막 쪼개지고 있어

　　자, 보라고!

　　밖으로 뛰쳐나온 뜨거운 이 ㅌ+ㅗ+ㅁ+ㅏ+ㅌ+ㅗ들을

　　ㅁ+ㅏ+ㄱ+ㅡ+ㅁ+ㅏ 같은 김이 무럭무럭 피어나는

[프로펠러의 위치]

나는 예쁜 노래가 아니야

나는 노래가 아냐
입술의 시접을 떼면 눈물 한 바가지에 두 손이 바들바들 떨리는
목소리는 공중에서 터져버린 물로켓

잠시 합창단원을 꿈꾼 적 있지
무대에서 노래할 땐 내가 성주가 된 듯 황홀했지만
재능있는 아이들이 많은 걸 알고 꿈을 접었다는 시시한 얘기

나는 예쁜 노래가 아냐
어르고 달래며 부추기는 어른들 앞에서 재롱 피우던 것처럼
달콤한 동화를 부를 수 없어
한없이 낮은 곳에 내려앉는 홀씨에도 눈이 달렸다면
나는 핑그르르 낙하하는 시선을 노래할 거야

그거 아니, 나는 손가락에서 피어난다는 걸
메트로놈의 지문에 박힌 문자들을 파내는 게 나의 숙명
오선지에 쏟아부은 세상의 모든 빛깔

나는 오묘함을 좋아하니까
마음대로 합치고 나눠서 독특한 무늬들을 찍어낼 거야

나는 네 플레이리스트의 한철 유행가가 아닌걸
날 가두려 마

이상한 날개

모름지기 인간은 불완전한 생물이어야만 한다지

바꿔 말하면
인간이길 거부한 나는 완전한 생물인 게 되는군

이제 실토하지만
나는 괴물이라네
눈도 코도 입도 없는 거대한 기름 덩어리
나의 폭주에 제동을 걸어 줄 캔버스를 찾고 있었지
아주 투명한 실루엣
그리고 붉디붉은 입술

내가 인간이길 포기한 가장 큰 이유가 있다네
언제부터인가 내 등골 위로 작은 날개가 돋아났지
그것은 점점 부풀어 언젠가는 내 몸집만 해질 것이라고 믿었네
고작 새싹만 한 날개를 가지고 말이야

거봐, 자네도 결과가 궁금하잖아
결론은 아무런 일도 일어나지 않았다네
솜털 같은 날개와 망상에 가까운 나의 억지스러운 논리뿐
나의 날개에 눈이 먼 혹자들은
나를 메시아라고 하더군
웃기지 않은가, 나는 고작 쑥절편 같은 사람이라네
기름지고 쫄깃한 식감이 제일이라고

인간이길 거부한 나는
완전한 생물이지만
모름지기 인간은 불완전한 생물이어야만 한다지

육체의 배신

둑 터졌다

큰일이다
그 물질주의자의 말을 빌리자면
고백하건대
20kg만큼 불었으니
바야흐로 배신의 계절이다

지식이 좀스러워
견문이 시시해서
머리보다는 발이 무거운가 보다

탈도 많던 육체를 내려놓고
A라고 부르기로 하자
A는 A로서 온전한 의미가 되는가
불어나는 A, 그 덩어리의 자양분은 무엇인가
그 역시도 내게 온전한 의미가 되는가

자의식은 비쩍 곯고 있는데
진리만 한 꺼풀 더 늘고 있다

내가 쓴 시 1

내가 쓴 시에는
베개가 없다

시답잖은 얼굴
불편한 얼굴
부끄러운 얼굴을
파묻을 수 없다

돌아누워도 현실이다

내가 쓴 시 2

깊숙한 늪 들어앉아
병든 시체를 우적우적 먹고
닦아 줄 이가 없는데 앙앙 우는
헐벗은 악어가 있다

간밤에 쓴 시에는 잘린 꼬리만 무수하다

섬

사람들 사이에 섬이 있어*
나는 가방에 섬을 넣어두기로 했다

부르기도 어렵고 누구에게도 밝히기 애매했던 이름, 섬에는
온갖 진귀한 게 많았다 푸른 물결 밑을 쏘다니는 열대어라든가
별을 닮은 불가사리와 소라고둥이 있었다

출렁거리는 파도에 가방이 잠시 흔들렸다
나는 뭍으로 쓸려와 오갈 데 없는 모래무지를 안고 잠들었다

꿈속에서 나는 가방에 불어넣은 그들의 숨결을 느꼈다
그리 멀지 않은 곳에 있는–

* 정현종 「섬」 구절에서 끌어옴

노인과 바다

물결을 잃고
향기를 잊어
내다 버린 바다라 했으니

코끼리여,
거친 사냥터에
고독을 던져
꿈의 지느러미 낚으려거든

칠십 년 굽은 등 펴고
먼 하늘 바라보라

흩날리는 눈발 맞고 선
헤밍웨이는 없다네
지금, 여기에

이웃, 사촌

축구 중계가 시작되는 시각,
늦저녁 국거리가 목욕을 끝내면
세탁기가 왈츠를 추고
이어서 침대가 기지개를 켭니다

문틈으로
시선 잃은 개가 캉캉 짖습니다
가로등은
밤안개를 뚫고 시소를 비춥니다
쿵쿵 엉덩방아 찧으면서 너울 타던 그 시소
산자락에 쉬이 올라설 수 없습니다

분명한 이유로 나는 우울해집니다
잡상인 출입 금지라는 걸 모르는지
화단에서 담배 연기가 돌아다닙니다
그녀는 긴 머리채를 흔들며 16층, 나의 창문에 와 노크할 겁니다
때수건을 들이밀며 잘 닦여요, 멋쩍게 웃겠지요

오늘은 반듯하게 누워 잠을 청해봅니다
해가 뜨기 시작하면
나는 또 당신을 보겠지요
당신은 남자가 되었다가 여자가 되었다가 다시 할머니로
또다시 할아버지로 내게 다가오겠지요

밖에서 야유를 쏟아내고
구정물을 흘리는
당신은 누구십니까?

빈센트

저잣거리에 가끔 출몰하는 사내는 늘 제 구역에 머무는 법이 없다 한 달이고 석 달이고 내게 오면 으레 그 구두를 테이블 위에 척 올려두는 것이다 낡고 해진 볼품없는 구두 한 켤레 한쪽은 터져 있기까지 했다 사내나 나나 별다른 말은 없다 그저 나는 바라진 그의 가슴에 힘껏 올라타고 거선巨船 위의 갑판수가 될 뿐이다 사내의 구두는 선셋 크루즈 세계 여러 곳을 누비다 쉴 곳을 찾는 그의 단단한 등 근육을 슬며시 문지른다 하루는 헝가리, 다음 날은 포르투갈, 또 다른 날은 아일랜드 유럽을 동분서주하는 동안 선체는 갈수록 부드러워졌다 바람을 넣어 깁고 석양을 칠한 사내의 구두 구겨진 지폐가 구멍 난 호주머니로 다시 들어갈 때도 우리는 별다른 말이 없다 사내가 다시 출항 준비를 한다

분분한 낙화*
— SNS에 절인 사람들

자유민주주의해방국가첨단사회특별자치도에 사는 사람들은
입으로 똥을 싼다

솥 바닥에 검게 눌어붙은 누룽지

살생하지 말라던 가르침
가증스럽다

* 이형기 「낙화」 구절에서 끌어옴

제 **4** 부

화양연화

풀

등만 푸르더냐
가슴도 푸르르다
땡볕을 다오
태우고 태우려 해도
들불처럼 번질 것이다
폭우를 다오
덮치고 덮치려 해도
수풀처럼 껴안을 것이다
태풍을 다오
가리고 가려내려 해도
푸르른 우리 가슴 숨길 이유 없질 않겠나

for sale

다○소에 있어요

생리대 걸이

칫솔 전용 세제

차량용 잠옷

마음 쓸어 담는 빗자루

입 가리는 커튼

남성 드라이기

여성 면도크림

감아 쓰는 휴지

투표용 물휴지

귀 청결제

소음 잡는 슬리퍼

가슴에 쓰는 안경

발에 거는 선풍기

순간을 붙잡는 액자

어둠을 지우는 방향제

주말 특가!

뉴월드 관광 나이트

분류할 수 있는 거라면, 뭐든지 세세하게 나누길 좋아하던 국내 곤충학자들이 이 개미의 출몰 시각을 '쌕쌕오렌지로부터 포도봉봉 그 무렵까지'라고 정해놓았다 이 규칙에 따르면
ㅂ+ㅏ+ㅁ이란, 곧 소멸하는 봄이다

깡통에 든 알갱이 수만큼 꽃몽우리가 톡톡 터져나갔다 당시 나는 호된 몸살로 기진맥진한 상태였는데, 가끔 바닥에 눌러앉은 알맹이를 찾느라 뚜껑 깊숙이 혼란스러운 혀 놀림을 할 때가 있었다 그때마다 바람을 흡입하는 환기구처럼 '쓥, 쪽, 쫍'과 같은 멋모르게 우스꽝스러운 소리가 탄생하기도 했다

갈색발왕개미들은 몹시 ㅂ+ㅏ+ㅁ을 좋아한다고 해
춘천의 최남단 구역에서 활동하는, 그런 이름을 가진 웨이터들이 여럿 있을지 몰라 거기 나뭇등걸은 유효기간이 지난 눈물을 머금고 있어서 꽤 축축하고 습할 거야 블루스가 은은하게 깔리기 시작하는 저녁이면 어김없이 붉고 푸른 네온사인이 켜질 테고, 그들은 각을 세워 반들반들 기름먹인 머리와 단정한 나비

넥타이 차림으로 분주히 돌아다니겠지 자 긴장하라고, 곧 손님들이 앞다퉈 입장할 테니까

　여왕을 차지하려고 덩어리로 뭉친 자들이 현란하게 디스코를 추는 무대, 그 가장자리 테이블에는 더운 입김이 흘리고 간 마른안주 몇 가지와 쌕쌕오렌지, 그리고 포도봉봉 깡통 여러 개가 어지러이 흩어져 있다 순간 나는 입 안에 차오르던 무언가를 얼떨결에 꿀꺽 삼켜 버렸다 봄의 조각들이었다 좁은 목구멍을 타고 자음과 모음이 꿀렁대며 떠내려갔다

　달콤새큼한, 사람의 맛이었다

몽클몽클

우리 엄마 젊을 적
집 앞 강가에서 손수 방망이질해 빨래하며
곱은 손을 호호 불게 하던 겨울이 찾아왔구나

작금의 현실은 바로 그해의 동장군이라지

빵집 데이트 중
아빠가 건넨 사이다 한 잔에
짐을 싸서 홀딱 시집왔다던 엄마
왜 그랬는지 몰라 겸연쩍게 웃지만
마음의 단내는 처녀 시절의 풋사과로 돌아갔구나

이렇게 춥디추운 날에는
젊은 날의 애정 전선이 제격이라지
누가 붙인 말은 아니고 내가 그저 듣고 싶은 말
아니, 만지고 싶은 감정 몽클몽클

쩔꺼덕쩔꺼덕
마당 수돗가에서 펌프질해 퍼 올리던 지하수처럼
저기 저들은 북풍을 한 바가지로 떠 오는구나
금세 얼음장처럼 가시밭 서리가 내렸다지

빨래터에서 엄마는 옷감을 두드릴 때마다
그것이 불룩불룩하게 솟아오르는 모양새에
마음이 꽤 몽클몽클했겠구나

지금 내 마음도 그것과 같으면 좋으련만

루시와 토토

토토: 오밤중에 어딜 그렇게 쏘다니고 온 거야?

몰골은 또 그게 뭐고.

루시: 응, 요 앞 강가에.

누군가의 생각이 미치도록 그리울 때가 있거든.

토토: 창밖을 봐, 아까보다 바람이 세졌어.

오두막이 부르르 떨고 있네!

루시: 코스모스의 방향이 바뀌어서 그래. 리모컨을 줘.

참, 네 뼈는 어때?

토토: #과 *의 돌기가 뒤틀렸어. 그래서 그런가, 통화가 안 되네.

루시가 채널을 F에 맞춘다. 지붕이 열리고 때마침 생각이 범람한다.

토토: 저길 봐, 우와! 그 누군가의 생각들이야!

루시: 아무렴, 곧 땅은 더 비옥해질 거야.

(혼잣말로) 흠, 네 마음에 들어야 할 텐데.

토토: 씨앗을 꾹꾹 눌러줘야 해.

달 그늘에 있는 치료사에게까지 닿으려면.

루시와 토토, 서로 마주 보며 빙긋거린다.

빨간 토끼 눈을 한 루시가 졸린 듯 하품한다.

Z의 머리에서 별빛이 우르르 쏟아져 흐르며 메마른 토양을 적신다.

그 광경을 본 루시와 토토, 오두막을 수레에 담는다. 영차─

자동제어장치가 달린 탈것에 이끌려 그들은 천천히 미끄러진다.

루시: 참, 이번엔 어디로 가지?

토토: (풋, 웃으며) 코스모스 꽃잎이 떨어지는 곳으로.

루시: 응. 그렇담 이번엔 설레는 시간으로 가자!

토토: 그래, 가자!

경쾌한 음악 '너를 위한 순간'이 흐른다.

암전.

그리움만 쌓이고

안개비가 당신 앞섶 위에 보시시 내려앉을걸요
금방 쓰레질을 마친 당신은 이 걸레질로 날 끝장내려 할 거에요
눈물이 눋는 냄새도 전부 훔쳐 갈 테죠

긴장한 나는 그만 당신 머리칼에 포슬포슬 떨어졌잖아요
땅거미 위에 흩뿌려진 희멀건 눈자위
자 이제 그럼, 초점을 제대로 맞춰봐요
어서 내게 날것의 귀를 보여주세요

거봐요, 나는 티끌이잖아요
불의 난장으로 당신은 빨려들어 온 거죠
관자놀이가 뛰어오르고 목울대가 조여와요
그 격렬한 입김에 한순간 얼어버렸죠

호박 꽃망울이 무르녹으면 나는 당신의 발밑에서 잠들래요
소녀는 회중시계 안에만 머물러 있거든요
그런 줄 알고 다시 외투를 벗어둬요

아버지의 눈동자

아버지의 눈에는 은빛 꿈이 걸렸다.

아이들의 아버지는 어머니의 말에 연신 고개만 끄덕였다. 강남 한복판에 이런 곳이 다 있나 싶을 정도로 작고 허름했던 어느 상가아파트. 교육 봉사를 위해 방문한 곳이었다.

아버지는 맹인이며 어머니는 심한 약시였다. 어머니는 참한 선생님이 왔다며 내게 이것저것을 물어왔다. 아버지는 저쪽 이부자리에 앉아서 한참을 듣고는 또 한참 이쪽을 응시했다. 나는 물끄러미 아버지를 바라보고는 그의 시선 어딘가에 쉼표를 찍어야 하나 망설였다. 그의 닫힌 눈은 미지의 존재를 확인하려는 듯했다.

아버지는 안마방에 다녔고 어머니는 이웃 아주머니들과 소일했다. 때로 어머니는 내가 법률사무소에 다닌다는 사실을 알고는 아버지의 일을 묻고는 했다.

하루는 아버지가 이웃에 사는 맹인 가족과 함께 외식하러 가면서 한사코 사양하던 나를 데리고 어느 고깃집에 갔다. 돌판에 구워진 삼겹살 대신 내 젓가락에는 자꾸만 주인아주머니의 따가운 시선이 집혔다. 테이블에서 제대로 앞을 볼 수 있는 사람은 나와 두 자매뿐이었다.

"선생님, 어서 드세요."

아버지의 입에서 나온 말이 정체된 공기에 선명한 자국을 남겼다. 말을 하려고 하면 눈 흰자위가 많아지는 사람도 있다는데, 아버지는 그 눈 속 깊은 곳에 무얼 담고 있는지 도통 알기가 어려웠다. 앞을 보지 못하는 손님들을 대신해 손이 되어야 하는 가겟집 어른들의 구시렁대는 소리와 천진난만한 아이들의 재잘거림이 뒤섞이면서 내 귓전을 세차게 때렸다.

그 뒤로 쭉 아버지를 보지 못했다. 정해진 교육 기간이 끝나가고 아이들과도 작별할 시간이 다가왔다. 고깃집 일은 나를 장애의 틈바구니에서 그제야 밖을 바라볼 수 있게 해줬다.

추운 겨울날, 찢어진 신문지가 바람에 날개를 이리저리 펼치며 퇴근하는 내 발밑을 쫓아오고 있었다. 신문지에도 눈이 달린 걸까. 조만간 저 나뭇가지에도 벚꽃이 달리겠지. 아직은 작디작은 꽃눈으로 숨어 있겠지. 아버지의 흔들림 없는 그 눈동자에도.

열매가 빠져나간 자리
— 복도 끝에 서 있는 이에게

열매가 빠져나간 자리는 보랏빛입니다 매의 발톱으로 장식한 전사의 침대거든요 그렇게 그대는 장렬한 최후에 다가섰죠 내가 여기로 인도했고요 씨앗은 튼튼해야 해요, 무른 과육을 심장으로 버텨주려면 그게 얼마나 소중한 건지 다른 이들은 모를 테죠 단지 달콤한 향기가 밴 열매에 열광하니까요, 늘 염원하던 꿈도 야생 늑대들이 그대를 노릴지 몰라요 이토록 건방진 탈옥수를 호시탐탐 엿보고 있죠 고갈된 연료, 불어 터진 수의, 그리고 남몰래 흘린 눈물들 파괴는 굉장한 도구예요 나는 나를 수만 번 부수고 깨트렸죠 완숙한 씨앗은 나를 치대는 저 파도에서부터 오는 거니까요 좌우의 시선이 겹치는 지점, 은하의 끄트머리에 다다른 그대여, 내가 흘린 피는 분명 그대에게 젖줄이 될 거예요 오늘도 나는 전사의 침대에 누워 잠을 청해요 노을 위에 쌓은 성이 금세 무너지더라도 두렵지 않아요 내 입술에 모인 글자를 전령에게 전해줄게요 늘, 함께 있어요

화양연화

빛을 등지고 앉아
갈라 터진 시간을 메꿔가며
가지에 매단 손수건으로
미끄러진 순간을 훔치고
단속 딱지 같은 옹이도 말끔히 긁어내
마침내 시 한 송이 틔워낸
뜨겁게 퇴고한 모든 이들의 나날들

고해

있지, 내 손끝에서 고린내가 나
깨끗하게 닦아도 그래
또 있지, 내 글에서 비린내가 나
이른 새벽 수산 시장에서 맡던 냄새야
고린내가 나는 손으로 글을 써서 그런가 봐

나도 잘 쓴다는 소리를 듣고 싶었어
예쁜 글을 써서 예쁨을 받고 싶었어
말간 눈으로 아름다운 구석을 그리고 싶었어
먼저 가, 나는 틀렸어…

나를 불편하게 만드는 세상이 미워
글 속에서 숨 쉬고 싶어
재채기만 나오고
순수한 소리가 안 나와
이런 내 목소리를 들어줘
진심만을 쓰고 있으니
언젠가는 닿게 될 때까지

똥의 변주

손가락질 마라
욕망을 태운 잿더미란다

열반에 든 그 속이야 얼마나 고요하겠나

전복되는 언어, '몸'의 상상력

전 해 수
(문학평론가)

전복되는 언어, '몸'의 상상력

전 해 수
(문학평론가)

　최수진 시인은 2021년 계간지 『시와 소금』으로 등단한 후 1년 만인 2022년에 첫 시집 『산채비빔밥과 몽키바나나』를 상재하면서 상상 속의 대륙 아티카(아틀란티스)를 찾아가는 여정을 시적 세계관으로 삼아, 이미 세계 안의 나와 세계 밖의 나를 자유롭게 넘나드는 시편들을 선보였다. 첫 시집은 쉽게 어울릴 것 같지 않은 "산채비빔밥"과 "몽키바나나"의 대입처럼, 너무 익숙한 것(전통)과 외부로부터 유입된 낯선 것(포스트모던)을 한

데에 불러 모아 이채로운 상상계를 형성해 내는, 매우 개성 있는 이미지들로 가득했다. 연이어 2023년에 두 번째 시집 『Mrs. 함무라비』를 발간한 시인은 제1시집에서 추구한 마음속 아틀란티스를 구체적인 자신만의 동화적 세계로 안내하면서 여전히 개성있는 이미지를 산출하며, "함무라비" 법전을 순진무구한 세계 속 '규범'으로 삼는 등 뜻밖의 방법론적 기제를 통해 현실계와의 소통을 꿈꾸기도 했다.

그런데, 2024년 세 번째로 세상에 던져지는 이번 시집 『뭄』은 한 걸음 더 나아가 최수진 시인의 시적 세계관이 극대화된 시집으로 판단된다. 무릇 "뭄"이라는 독특한 시집의 제목에서도 짐작되는 바, '몸'의 실체를 뒤집고 거꾸로 바라보는 전복된 세계관이 표출되면서, 세계 밖 무한의 이상으로 나아가려는 시인의 유토피아가 현실적 (무)질서의 전복과 함께 삶의 결여된 부분을 누설하려는 극화(劇化)된 심상이 특징적으로 자리하고 있다.

이른바 '뭄'은 '몸'을 뒤집은 글자 형태임을 알 수 있는데, 이처럼 전복된 언어는 '뭄'의 상상력이라 말해도 좋을, 최수진 시인만의 상상계가 펼쳐진 시집 『뭄』이라 할 수 있겠다. 특히 최수진 시인의 세 번째 시집 『뭄』은 구조적으로는 말의 기법 예컨대 '독백체'와 '방백체'로 가득 찬 한 편의 모노드라마를 펼쳐 보인다. 이러한 언어 기법적 특징은 시인의 시어가 근본적으로는 전복의 시학을 표방하고 있으며, 극적 요소를 지닌 시임을 다시금 드러낸다. 요컨대 최수진의 시집 『뭄』을 읽는 것은, 극 중 주인공을 만나는 듯한 독특한 현장감과 감동이 있다. 시인은 독백체로 내면 깊은 곳을 마주하다가도 어느새 방백체로 독자를 자기 앞에 불러 세운다.

표제작인 시 「뭄」은 이번 시집의 주된 방향성을 노정하는 시편이라 할 수 있다.

저문 강에 배를 띄워라
돛도 닻도 없이 흘러라

갠지스여,
무성한 풀의 발톱을 피하라
특히 연꽃의 이빨을 피하라

다시 말하노니
애써 노를 젓지 말라
짙푸른 바람의 냄새
여름과 가을 그 사잇길에서 머문

그대 이름은 뭄
뱃머리에서 갈라진 두 젖가슴
그대, 나의 화신이로다

유유히 헤엄쳐 가리라
내 가진 것이라곤 아가미와 지느러미뿐

오 그대, 이른 새벽 은하수 어귀에 닿으면
가장 반짝이는 별 하나 바라보길 원하노니

내 즐겁게 마중 나가리라

―「뭄」전문

위 시 「뭄」은 인도의 갠지스 강가에서 행해지는 제례 '뿌자'
의식이 연상된다. 산 자와 죽은 자가 불과 물에 의해 갈라지는
죽음 의식으로서의 '몸'의 제례가 바로 '뿌자'이다. 구체적으
로 시인은 "뱃머리에서 갈라진" 몸의 기호를 "젖가슴"으로 호
명한다. 그러나 그것은 최수진 시인에 의해 '몸'을 떠난 "뭄"이
된다. 시인은 죽은 자를 "그대 이름은 뭄"이라 새롭게 명명하
면서, 몸의 의식을 치르는 갠지스의 "뿌자"를, 떠나보내는 슬픔

이 아니라 '즐거운 마중'으로 귀결하고자 한다.

그런데 위 시 「뭄」은 마치 고대 그리스 대서사시 호메로스의 「오디세이아」처럼 대항해 출정을 떠나는 오디세우스의 그것과도 같이 압도적인 부분이 있다. 특히 "갠지스"를 주시한 시인의 시선은 인도의 대서사시 '베다'를 떠오르게 한다. 뱃머리를 가르며 나아가는 영웅의 서사는 죽음을 이겨내는 극적 요소를 지닌 대서사시의 전형을 상상한다.

"뭄"은 '몸'을 지닌 자가 '뭄'으로 다시 지칭되면서, 죽음을 두려워하지 않는, 오히려 전복하는, 새로운 서사를 기약하고 있다. 대항해의 시대를 여는 새로운 삶의 시작점이, 죽음(소멸)과 삶(생성)의 대전환(변화)으로 새롭게 해석되고 있는 시가 바로 「뭄」이라 할 수 있다.

일 년 열두 달 네가 내린다면 좋을거야
–트라이아스기의 자작나무 숲에서

— 「반짝이는 오너먼트」 전문

새로운 시대를 맞이하는 것이 '몸'과 "뭄"의 전복된 언어에 대한 인식으로부터 시작되는 것은 최수진 시인에게는 수억 년 전 고생대와 중생대 쥐라기의 멸종기와 생성을 회고하는 일로 비유된다. 위 시 「반짝이는 오너먼트」에 등장하는 시어 "트라이아스기"는 본격적인 공룡의 시대가 펼쳐지기 전인 고생대와 공룡의 시대인 쥐라기 중생대가 생성되는 초기를 두루 일컫는 시대를 지칭한다. 무릇 "트라이아스기"는 멸종과 생존이 교차되는 시기이다.

또한 시제(詩題)에 사용된 "오너먼트"는 '데코레이션'과 비교해볼 수 있는 단어인데, 대상의 겉모습을 아름답게 꾸민다는 뜻을 지닌다. 다만, "오너먼트"는 그 대상에서 구조적으로 발견되는 단점들을 보완하거나 보충하는 의미가 따로 부여된다. 의미상 "반짝이는 오너먼트"는 세계의 전복이 과거를 좀 더 나은 현재로 만들어 주는 긍정적인 요소가 더해져 있음을 인정하고 이를 인식한 시제로 판단된다. 최수진 시인은 아주 오래전 백악기 시대의 변화까지도 상상하며, 한 세계와 다른 세계의 연결이 '전복된 언어와 상상력'을 통해 표출될 수 있음을 드러낸다.

하늘이 바닥에 내려온 날
사람들은 알아차렸지
저 하늘에도 모양이 있었다는 걸

위로 갈수록 좁아지는 고깔모자
그게 바람에 뒤집혀 떨어진 거지
지나가던 새들이 하도 짹짹거리길래 뭔 일인가 했더니
글쎄, 그 안에서 수만 개의 알들이 구름떼처럼 피어난 거야

무지개로 아래를 두른 개와 고양이들이 춤을 추는 날
나는 무릎을 꿇고 그 발을 핥아줄 거야
먼지와 모래알을 입안에 그득 품고 꿈처럼 잘강잘강 씹을 거라고

땅이 위로 솟은 날은 정말 따뜻했지
푸릇푸릇한 보리 새싹들이 거꾸로 기지개를 켜던 날이기도 했잖니
분수처럼 펼쳐지는 빗소리를 들으며
나는 뒤로 걷는 봄에 대해 생각해

그 아인, 경보輕步를 정말 쉽게 하거든

— 「개벽」 전문

앞 서 「반짝이는 오너먼트」와 「몸」이 사라지는 시대(죽음)와
새로운 시대(삶)를 주목하고 있다는 점에서 위 시 「개벽」 또한
유사하게 읽히는 시이다. 「개벽」은 하늘이 새로 열리는 날, 즉

시인은 "하늘이 바닥에 내려온 날"과 "땅이 위로 솟은 날"을 대입하여 이를 인식한다. 그러므로 위 시에서 하늘과 땅은 이분(二分)된 개념이라기보다는 "개벽"으로 이어지는 동등한 대상의 의미로 해석된다.

시인은 "하늘이 바닥에 내려온 날"에 "저 하늘에도 모양이 있다는 걸" 깨달았으며, "땅이 위로 솟은 날"에 "보리 새싹이 거꾸로 기지개"를 켜는 모습을 새롭게 목도했고, 마침내 화자는 이내 "분수처럼 펼쳐지는 빗소리"와 "뒤로 걷는 봄"을 상상하게 되었으며, "경보"를 걷던 "그 아이"를 동시에 떠올린다. 여기서 "경보"는 주요한 시적 태도로서 인식되는데, 천천히 걷는 것도 아닌, 빨리 달리는 것도 아닌, '빨리 걷는 걸음'을 지칭하는 이 "경보"를 주된 걸음으로 삼으면서 과거 세계가 미래 세계로 변화되는 속도를 드러낸다. 마치 앞 서의 시 「반짝이는 오너먼트」에서 밝힌 바, 고생대에서 중생대로 이어지는 쥐라기 수억 년의 시대를 거쳐 현대에 이른 시간의 속도는 "개벽"만큼이나 아스라히 멀지만 되려 가깝게 여기게 하는 것 또한 이 시간의 흐름이 길고도 짧은, 느리고도 빠른, "경보"로서, 인식되기 때문이다. 요컨대 "경보"는 시인의 시적 속도이자 시의 속도와도 다르지 않은 시간을 담보하고 있다.

너, 그렇게 평화로운 닭이 될 순 없었니
아가리로 쪼는 모습이 어지간히 헤프구나
까만 눈깔로 어딜 자꾸 훑어보니
잿빛 몸뚱어리는 흡사 물길 위에 놓인 부표 같기만 한데

너, 발바닥만은 고추장물이 들었구나
찐득하고 맵싸한 땡초 맛에 정신이 아찔해져
곱게 물든 단풍 빛깔이라면 내 기꺼이 너를 찬양하겠지만
좁쌀이나 주워 먹으며 꾸꾸거리는 너는
새빨간 유언비어를 발에 걸고 이 무대를 종횡무진 휩쓰는구나

너, 나의 거북한 맨발을 보았니
내가 가진 건 안녕한 지상에서 퇴화한 흔적뿐이야
그렇다고 네 찬란한 구두를 탐하지는 않겠어
가슴 깊이 젖어 든 애증을 감싸 안을 수 있는
어느 부드러운 거적으로 만든 신발을 신을 거야

—「태양초 구두」전문

또한 최수진 시인은 '대화체'를 적절하게 사용하면서 대화체
를 통해 내재된 마음의 거리를 즉각적으로 드러낸다. 특히 시인

은 대화체 가운데에도 독백과 방백을 매우 잘 구사한다. 그는 기법으로서의 '언어'에 특히 민감한 시인임을 알 수 있다.

위 시 「태양초 구두」는 "너"라는 대상을 향해 혼잣말을 하듯(독백) 중얼거리지만, 화자와 청자의 거리가 유지되고 있으므로 방백이 적용된다. 위 시를 한 편의 연극이라 상상하고 읽는다면, "구두"의 이미지와 "맨발"의 이미지 외에도 이들이 적절하게 주목할 수 있도록 비유된 "태양초 구두"라는 특화된 구두 이미지가 더욱 분명하게 인식된다. 물론, "태양초 구두"로 명명된 "너"의 실체는 '닭'이다. 위 시는 닭의 외형이 구체적으로 묘사되어 있는데, "아가리로 쪼는 모습", "까만 눈깔", "잿빛 몸뚱이", "좁쌀이나 주워 먹으며 꾸꾸거리는 너"는 바로 닭의 생김새와 특성을 가리킨다. 그러나 시인이 주목한 닭의 몸의 부위는 발이다. 그렇지만 한편으로, 닭의 발바닥이 붉어서 반드시 "태양초 구두"로 인식할 필요는 없다. 그것은 "가슴 깊이 젖어 든 애증"이 된 "발"의 이미지를 통해 어딘가를 향하고 있기에 "나의 거북한 맨발"을 인식하는 계기가 된 점이 더욱 주요하다. "태양초"는 붉은 이미지 외에도 입 안이 얼얼할 만큼 매운 이미지로 상정된다.

마침내 화자가 "애증을 감싸안을 수 있는" 발과 "부드러운 거적"으로 만든 신발을 희망한다는 점에서, 위 시는 발의 이미지가 구체적으로 생성된다. "태양초 구두"가 "찬란한 구두"가

되었다가 "퇴화한 흔적"의 "맨발"과 대비되는 발의 이미지로 부각된 것 또한 최수진 시의 전복의 세계관이 표출된 점이라 할 수 있다.

의사 생선님, 내 말 좀 들어보세요
머리가 답답하고 손이 저릿한 게 꼭 체한 것 같다고요
한나절을 헤매고 다니며 여러 약을 써봐도 헛수고에요
벌건 깃발들이 흰자위에서 솟구치고
검푸른 연기가 혓바닥으로 굴러떨어져요
한숨도 쉬지 못했어요

존경하는 의사 생선님, 어서 은바늘을 꽂아주세요
당신의 섬세한 손길이 머문 바로 그 자리에다가요
차가운 눈물이 피부를 긁고 지나가면
나는 투망을 던질 거예요
노래미와 쏘가리가 화려한 스텝을 밟고 있거든요

선생님, 아니 생선님!
물속에 아가미를 빠끔거리고 지느러미를 담가보아도
각질이 퇴적한 가슴은 어쩔 수 없나 봅니다
생선님의 입술로 치료하지 말아요

호흡으로 낫는 병이 아니니까요

물속으로 멍이 번져가네요

— 「Dr. 피시」 전문

위 시 「Dr. 피시」 역시 대화체를 사용하되 일방적인 화자의
문체(청자를 고려하지 않는 화자)를 고수하고 있다. 그러나 위
시는 내방자와 상담자 간의 내재된 갈등이 화자의 대화체 어법
으로 엿보인다. 예컨대 병을 진단하고 치료하는 "의사 선생님"
은 위 시에서 존경의 대상이 아니다. 의사 선생님이 "Dr. 피시"
로 지칭되고 있기 때문이다. 일순간 (의사)선생님의 명성이 조롱
의 대상으로 뒤집어져 "생선님"으로 전복하는 것은 시인이 자
신을 둘러싼 세계를 향한 시선과 태도를 드러내는데, 이 역시
전복의 시학이 다시 한번 유감없이 발휘되고 있다. 최수진 시인
은 질병을 호소하는 화자를 통해 치료를 믿지 않고 의심하는
태도를 관철하면서 화자를 둘러싼 세계를 비하하고 조롱하는
태도마저 취한다.

열여덟 번째 질문이네요
나를 아직도 모르겠나요
나는 당신의 왼쪽 귓가에 살아요
당신이 쓰고 싶어질 때 나는 노래를 불러요

나는 그대를 잘 모르오
그대가 어찌 내 몸에서 사는지 모르겠지만
별로 알고 싶지 않소
나는 또한 꽤 오랫동안 쓰고 싶지 않았소

열아홉 번째 질문이에요
나는 형태가 없죠
당신이 말랑말랑하다고 하면 그렇고
당신이 딱딱하다고 하면 그 또한 그렇답니다
나는 무엇이든 될 수 있어요

흠, 나는 의지가 확고한 사람이오
미지의 그대에게 바라는 것이 하나 있다면
나는 무의미한 것을 좋아하지 않아요

마지막 스무 번째 질문이에요
빈말이라도 나를 안다고 말해줄래요

답을 알고 있음에도 적지 않는 당신은
내게 모멸감을 느끼고 있는 게 분명해요

뻔한 것을 버리고자 하오
그것은 나를 더욱 타락하도록 만들 뿐이니까
내가 스스로 짊어져야 하는 이 가상 현실은
수많은 오만과 편견으로 중심축이 파괴된 지 오래되었소
그러니 나를 부디 괴롭게 만들지 말아요
싱겁게 노래나 부르고 있을 시간이 없단 말이오

아틀라스, 고단한 신이여!
거짓된 하늘을 떠받드느라 시와 함께한 추억들을 잊었으니

어쩝니까, 나는 아까운 벗을 잃었습니다

—「스무고개」 전문

　위 시는 서술어의 변화(주고받는 대화체)를 통해 여성과 남
성, 질문자와 답변자 간의 소통되지 않는 상태의 대화를 "스
무고개"로 지칭하면서 표출하고 있다. 위 시는 대화체가 지닌
스피드한 전개나 감정의 표출이 돋보이는데, 첫 시집 『산채비

빔밥과 몽키바나나」에서부터 등장한 최수진 시인만의 대륙인 "아틀란티스"가 다시 등장하고 있다는 점이 눈길을 끈다. (아틀란티스는 시인의 유토피아적 세계관을 드러낸다)

위 시는 "스무고개"를 넘듯 짜맞추어 가는 대화를 거치면서 그것이 소통을 찾기 위한 노력이라기보다는 부재하는 소통의 과정(不通)을 "스무고개"로서 표현하고 있다. 단 한 번의 대화로는 서로 닿지 못하는 상태가 스무 번이나 필요한 질문(물론 딱 스무 번은 아니며, 꽤나 여러 번이란 뜻일 터이다)과 답변인 "스무고개"를 건너가며, 정답 찾기에 다다르는 과정으로 제시되고 있다. 위 시는 최수진 시인이 사용하는 시어의 특색과 언어적 방법론이 역시 잘 표출된 시이다.

우리 가문 대대로 내려오는 특별한 보물이 있어
잘 들어, 놀랄지도 모르니까
자! 여길 봐 아니 그렇게 확 낚아채면 뜯어진다고
조각난 나비 날개처럼 다시 이어 붙일 수 없잖아
그저 신비롭게 바라봐야 해
어때, 신기하지?
할머니의 손녀, 손녀의 그 손녀까지 구전으로 내려온
이 시대에 다시 없을 슬픈 사랑

그런데 그거 아니? 아직도 우리가 누구의 후예인지 몰라
곳곳에 로미오가 너무 많거든
총칼이니 미사일이니 하며 서로를 질투하고 증오해
오직 줄리엣만 원하는,
세상은 고혈압이야

아무에게도 꺼내지 못한 말이야
우리 가문은 그녀의 속눈썹을 간직하기로 결단했지
누구보다 눈동자의 곁에서 이 모든 구린내를 감내했던
충실한 종

지금도 전설처럼 기리고 있어, 세상의 소음을 덮어두는 이불을

혹시나 말야
네 주변에 줄리엣을 부르짖는 로미오가 있다면
한 번이라도 떠올려줘
이 시대에 다시 없을 슬픈 사랑

— 「줄리엣의 속눈썹」 전문

시 「줄리엣의 속눈썹」은 청자에게 들려주는 화자의 주된 이
야기인 "줄리엣"의 사랑 이야기가 "이 시대에 다시 없을 슬픈

사랑"으로 집약되지만, 실은 가문의 몰락과 꺼져가는 사랑 시대로써 주시한다. 궁극적으로 말해, 최수진 시인에게 "줄리엣"은 더 이상 애절한 사랑의 대상으로 존재하지 않는다. "조각난 나비 날개처럼 다시 이어 붙일 수 없는" 위대한 사랑은, 이제 종말을 고한 지 오래고, "세상은 고혈압" 상태여서 "총칼"이나 "미사일"로 "서로를 질투하고 증오"하며, 단지 줄리엣은, 희귀한 "속눈썹"만을 간직한다. 눈동자의 곁에서 이 모든 구린내를 감내했던 "오랜" 줄리엣의 속눈썹만이 과거 사랑의 노래를 대신한다.

뒷골목의
시궁창에서
가여운 짐승이
도시의 발가락을
핥아줄 때

글 속에서 숨 쉬고 싶어 아름다운 주인은
침묵합니다

굴절됩니다

내가

될

수

없는

이유

입니다

두.렵.습.니.다.

—「참을 수 없는, 언어의 가벼움」 전문

　이처럼 최수진 시인에게 언어는 비틀린 감정을 표현하는 도
구이거나 무거운 세상의 부조리를 참을 수 없게 만드는 가벼움
을 과감하게 표출하는 기능으로서의 전복된 언어로 인식된다.
특히 시어(詩語)는 감추고 누르는 침묵의 언어로서가 아닌 토
로하고 발설하는 대화적 언어를 통해 분출된다.
　위 시「참을 수 없는, 언어의 가벼움」은 그리하여 언어의 목
적과 기능을 역설적으로 드러낸다. 언어는 "글 속에서 숨 쉬고
싶"기에, 최수진의 시는 "굴절"을 피할 수 없으며, 특히 이를 인
정한 독백과 방백으로 그 의미를 더한다. 또한 진정한 "침묵"
은 두려움이 되어, 시인의 사상과 의식을 건드린다. 시인은 다

만 "내가/ 될/ 수/ 없는" 언어를 두려워하며, 역설적이지만 이
를 추구한다.

불 꺼진 실험실의 지구본
덫에 걸려 왕왕대는 쥐꼬리
자비 없는 버터크림빵
헛물켜는 잠꼬대
하이힐 신은 손가락
옷을 수혈하는 캐리어
눈물 젖은 치즈버거
철든 비눗갑
카레에 빠진 눈곱
남편의 멍든 두 번째 척추뼈
목 꺾인 헬리콥터
다소곳한 전기톱
비정규직 간행물
없는 게 있고, 있는 게 없는 사전
해보다 뒤처진 도망자
언어만 빼고 다 아는 언어학자
인생을 측정하는 물리
나사 빠진 피아노

수도꼭지에서 흘러나온 머릿결

투명한 콧수염

그리고 빈 종이

— 「나는 [   ]이다」 전문

그리하여 최수진 시인이 괄호 안에 표기할 나의 존재에 대한 인식은, 지구본, 쥐꼬리, 버터크림빵, 잠꼬대, 손가락, 캐리어, 비눗갑, 헬리콥터, 전기톱, 간행물, 사전, 도망자, 피아노, 빈 종이 등 상상할 수 있는 무수한 사물이자 이들 가운데 하나이거나 아무런 대상도 아닌 존재 밖의 텅 빈 세계(괄호)로서 마침내 인식된다. 다만, 나의 존재가 괄호로 비워진 것은 채울 수 있는 미지(未知)의 '나'에 대한 인식이 아직 남아 있음을 증명하는 일이기도 하다. 그것은 내 안의 자아가 여러 차례 분열하는 과정을 겪거나 아예 사라져 버리는 결과를 낳기도 할 것이다. 또한 그것은 '몸'이 '뭄'이 되는 상상력을 움트게 하는 이유가 되기도 할 것이다. 이번 최수진 시인의 시집은 언어의 전복을 통해 나를 둘러싼 세계와 세계 밖을 연결하는 존재로서의 '몸'과 비존재로서의 '뭄'의 상상력을 예기치 않게 보여주고 있다.